"고양이 손이라도 빌리고 싶지만……."
세상에, 거대한 뱀 한 마리가 똬리를 틀고 앉아
우물쭈물하고 있지 뭐예요.
뱀은 악어가 되고 싶은 걸까요?
용이 되어 하늘로 날아오르고 싶은 걸까요?
여하튼 오늘도 무적의 고양이 손 대여점은
제 몫을 충분히 해낸 모양입니다.

– 우치다 린타로

무적의 고양이 손

어마어마한 마술 쇼의 비밀

우치다 린타로 글 · 가와바타 리에 그림 · 한귀숙 옮김

키다리

"고양이 손을…… 빌려준다고?!"

야마다 씨는 지이잉 소리를 내며 들어온 팩스를 들고는 눈을 동그랗게 떴어요.

사실 방금 전 야마다 씨는 혼잣말을 중얼거렸어요.

"하필이면 이럴 때에……. 고양이 손이라도 빌리고 싶은 심정이야."라고요.

오늘은 야마다 씨가 초등학교 돌봄 교실에서 마술 쇼를 열기로 한 날. 그런데 오른손 둘째 손가락이 부러져 버렸지 뭐예요.

마술 쇼가 시작되기까지 앞으로 세 시간 밖에 남지 않았어요.

야마다 씨의 애타는 마음도 모르고 둘째 손가락은 계속 욱신거려요.

지금 진통제를 먹는다 해도 손가락을 평소처럼 움직일 수는 없을 거예요.

'어떡하지? 아이들이 마술 쇼를 엄청 기대하고 있을 텐데······.'

이렇다 할 방법이 떠오르지 않아서 야마다 씨는 방 안을 빙글빙글 돌며 안절부절못했어요.

한 달에 한 번 열리는 마술 쇼는 어린이들에게 큰 인기예요.

야마다 씨의 모자에서 생쥐가 뿅 하고 튀어나오면, 자리에 앉아 있던 어린이들도 덩달아 폴짝폴짝 뛰어요. 야마다 씨를 향해 환호성을 지르고 크게 박수를 쳐요.

"대박, 완전 멋있어요!"

하지만 열 손가락을 마음대로 움직일 수 없으면 아이들이 좋아하는 마술 쇼를 멋지게 진행할 수가 없어요……

해결하는 무적의 고양이 손

속는 셈치고 한번 믿어 보세요.

장소는 고양이동 야옹야옹길 3번지

녹차와 팥이 든 일본 전통 과자를 파는

암호는 '고양이 혀 과자'

조건은 반드시 혼자서 찾아올 것!

영업부 냥냥 야나기

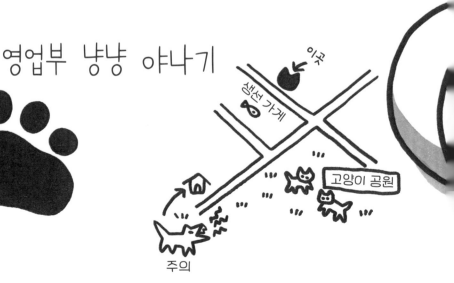

래여쩜

그래서 야마다 씨는 자기도 모르게 중얼거렸던 거예요.

"고양이 손이라도 빌리고 싶다."라고요.

누군가 야마다 씨의 혼잣말을 들은 걸까요?

갑자기 요란한 알림음이 들리는가 싶더니 지이잉 소리를 내면서 팩스가 들어왔어요.

9

"설마……."

야마다 씨는 고개를 갸웃거렸어요.

작게 혼잣말을 중얼거렸을 뿐인데, 강 건
너에 있는 고양이동에까지 자기 목소리가
들렸을 리 없으니까요.

"자…… 장난일 거야."

어쩐지 분한 마음이 들어 울컥한 야마다
씨는 눈물을 참으며 창밖 담벼락을 바라봤

어요. 담벼락은 고양이들이 자주 지나다니는 길이에요.

온몸이 생쥐처럼 잿빛인 고양이가 담벼락에 걸터앉아 빙그레 웃으며 윙크를 날렸어요. '맞아요, 생각하는 대로예요.'라고 말하는 것처럼요.

야마다 씨는 불쑥 고양이에게 말을 걸었어요.

"혹시 네가……?"

고양이는 천천히 고개를 끄덕였어요.

가게의 가림막 커튼에 '고양이 낮잠'이라
고 쓰여 있어요.

"여기인 것 같은데……."

야마다 씨가 문을 빼꼼 열고 가게 안을
살펴봤어요. 일본 전통 의상을 입고 있는 예
쁘장한 아가씨가 보일 뿐이에요.

"일단 들어가 볼까?"

야마다 씨가 가림막 커튼을 들어 올리고
가게 안으로 들어갔어요.

"어서 오세요."

민들레 홀씨가 폴폴 흩날리며 뺨을 간질이는 듯한 상냥한 목소리가 들려왔어요.

볼이 발그레 물든 야마다 씨가 조심스레 고개를 들자 고양이 아가씨가 빙그레 웃으며 서 있었어요. 이 가게 주인인 다마코 씨예요.

"주문하시겠어요?"

다마코 씨가 차가운 물수건과 메뉴판을 내밀면서 물었어요. 하지만 메뉴판에는 고양이 혀 과자가 없어요.

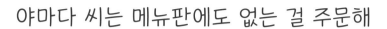

야마다 씨는 메뉴판에도 없는 걸 주문해
도 될지 조마조마했어요. 그러다
조심스레 입을 열었어요.
"저어…… 그러니까
그, 고양이…… 혀
과자를……."
이렇게 비밀
암호를 말해
버렸지요.

야마다 씨는 얼굴을
타고 흐르는 식은땀을
물수건으로 닦았어요.
고양이에게 고양이
혀 과자를 주문하다니,
태어나서 처음 해
보는 일이에요.
다마코 씨가
대답했어요.

"네, 알겠습니다."

금세 고양이 혀 과자와 함께 따듯한 녹차가 나왔어요.

"사실은…… 말이죠."

긴장한 야마다 씨가 녹차를 한 모금 마셨어요. 그러고는 주저하며 주머니 안에서 팩스로 받은 종이를 꺼내 펼쳐 보였어요. 야마다 씨는 마치 꿈속에 있는 것만 같았어요.

"아, 냥냥 야나기 씨였군요. 야나기 씨는 고양이 손의 비밀을 지켜 주는 분에게만 팩스를 보낸답니다. 우리 무적의 고양이 손 대

여점에서 없어서는 안 될 아주 소중한 사원

이죠."

"아아…… 그렇군요."

야마다 씨는 그제야 마음이 놓였습니다.

"그나저나 어떤 고양이 손이 필요하실까

요?"

질문을 던진 후 다마코 씨는 가게 안쪽 방

을 휙 둘러봤어요.

오늘은 검은 고
양이 구로랑 줄무
늬 고양이 곤로쿠,
삼색 고양이 신데
렐라, 노란 고양이
앤 공주 등 여덟
마리의 고양이가
모여 있어요.

"실은······."

야마다 씨가 붕대를 칭칭 감은 오른쪽 둘째 손가락을 들어 보였어요.

"그 문제라면 곤로쿠가 단번에 해결해 줄 거예요. 손끝이 얼마나 야무진지, 손재주로는 그 누구도 따를 수가 없답니다. 그렇지, 곤로쿠?"

다마코 씨가 큰 소리로 곤로쿠를 불렀어요.

"부르셨습니까, 누님."

줄무늬 고양이가 다마코 씨 앞에 양손을 모으고 얌전하게 앉았어요.

"누가 네 누님이야!"

다마코 씨가 곤로쿠의 이마를 퍽 소리가 나게 쳤어요.

"아이참, 누님! 성질 좀……."

곤로쿠의 말이 다 끝나기도 전에 다시 퍽 소리가 났어요.

사실 곤로쿠 집안은 대대손손 '도둑고양이'로 이름을 떨쳤어요. 그래서인지 손으로 하는 일이라면 무엇이든 잘하는 편이에요. 물론 말버릇도 꽤나 고약하지요.

"뭐, 이런 사정이
생겼어."

다마코 씨는
야마다 씨가 무
적의 고양이 손
대여점을 찾아
온 이유를 곤
로쿠에게 설명
했어요.

"그런 거라면 걱정 붙들어 매라고요. 오케이, 좋아, 좋았어! 재밌게 놀러 가자! 하나, 둘, 세엣!"

뽕!

"으악!"

야마다 씨는 크게 비명을 지르고는 그대로 기절했어요.

하긴, 그럴 만도 해요. 곤로쿠가 왼쪽 팔에서 쓱 하고 왼손을 빼냈거든요.

계약서

 고양이 손의 비밀을 다른 사람에게
말해서는 안 된다.

 반복적으로 손짓하는 고양이 장식품을
흉내내서는 안 된다.

 길에서 만난 고양이에게
"도둑고양이다!"라고 소리쳐서는
안 된다.

 아기가 멋대로 고양이 손을 쓰다듬게
해서는 안 된다.

 고양이 손의 비위를 맞추려는 듯
혀 짧은 소리로 말해서는 안 된다.

"깜짝 놀랐습니다."

여전히 얼굴이 새파랗게 질린 야마다 씨
는 손가락을 벌벌 떨면서 계약서에 사인을
했어요.

그러자…….

"부, 붙어 버렸어요. 저, 저절로 제 손가락에요……."

야마다 씨가 바짝 긴장하여 곤로쿠에게 소곤거렸어요. 맞아요. 곤로쿠는 야마다 씨의 둘째 손가락에 딱 들러붙었어요. 마치 원래부터 거기에 있었던 것처럼요.

"자, 이제 마술 쇼장으로 갑시다! 건방지게 떠들고, 짜증나게 우는 녀석들이 잔뜩 모여 있겠지……."

"세상에, 곤로쿠 씨, 그런 말 마세요. 녀석들이라니, '어린이'라고 불러 주세요."

"어린이, 우렁이, 구렁이,
우하하하하하."
야마다 씨가 아무리
말려도 곤로쿠의 말버릇은
고쳐질 기미가 보이지
않았어요.

드디어 마술 쇼가 시작됐어요.

"수리수리 마아수리. 이 손수건 뒤에서 비둘기가 나올 거예요. 마술 손수건!"

야마다 씨가 빨갛고 커다란 손수건을 가슴 앞에서 펼쳐 앞뒤로 펄럭펄럭 힘차게 흔들어 보였어요.

다른 손가락들보다 크기가 훨씬 크고 모양이 다르게 생긴 손가락이 춤을 추듯 움직여요. 곤로쿠가 그야말로 대활약을 하고 있어요.

"역시, 듣던 대로군요!"

야마다 씨가 만족스러운 목소리로 곤로쿠에게 소곤거렸어요.

"이런 마술 쇼쯤이야, 식은 죽 먹기죠!"

야마다 씨의 손가락이 된 곤로쿠가 자신만만하게 손수건을 뱅그르르 돌렸어요. 관객석에 앉아 있던 어린이들은 모두 고개를 쭉 빼고 무대를 바라보고 있지요.

야마다 씨는 여길 보라는 듯이 손수건을 앞뒤로 차르륵 뒤집어 펼쳤어요.

"자, 여길 보세요. 티끌 하나 없지요?"

바로 그때였어요.

맨 앞줄에 앉아 있는 남자아이가 커다랗게 외쳤어요.

"거짓말! 티끌이 왕창 묻어 있어요오!"

동네에서 소문난 장난꾸러기 다케시예요.

관객석에 앉아 있는 어린이들은 다케시의 말에 모두 깔깔 웃었어요.

하지만 야마다 씨는 아이들이 놀리듯이 웃어도 화를 내지 않아요. 다케시에게도 "정말 티끌이 많네."라며 맞장구를 쳐 줬지요. 야마다 씨는 장난꾸러기를 좋아하거든요.

야마다 씨가
시치미를 뚝 떼
고 다시 한 번
큰 소리로
말했어요.

"잘 보세요. 이건 티끌이 왕창 묻어 있는 손수건입니다. 잠시 티끌은 잊어버리고 손수건을 구깃구깃 접어서 모자 안으로 쑥 집어넣으면⋯⋯."

야마다 씨의 말이 다 끝나기도 전에 다케시가 먼저 입을 뗐어요.

"짜잔, 비둘기가 나옵니다!"

"아이고, 참 안타깝게 됐습니다. 오늘은 홀숫날이죠? 그럼 생쥐가 나올 거예요."

야마다 씨의 말에 다케시가 크게 실망한 눈치예요.

야마다 씨는 다케시를 보고 씩 웃은 다음, 모자 안으로 손을 쑥 집어넣었어요.

그런데…… 이를 어쩌죠? 손이 꼼짝도 하지 않아요. 생쥐보다 훨씬 큰 무언가가 모자 안에 있어요.

야마다 씨가 '큰일났네.' 하는 눈으로 무대 위에서 식은땀을 줄줄 흘리자 곤로쿠가 속삭였어요.

"이왕 계획대로 안되는 거, 장난을 좀 쳐볼까나?"

허둥대는 야마다 씨에게 복수라도 하려는 듯이 장난꾸러기 다케시가 실실 웃으면서 이죽거렸어요.

"먹이를 너무 많이 먹어서 포동포동하게 살이 찐 생쥐가 나오겠습니다아!"

다케시 말대로 모자 안에는 동글동글한 무언가가 있는 것 같았어요.

대체 야마다 씨의 모자 안에는 뭐가 들어 있는 걸까요?

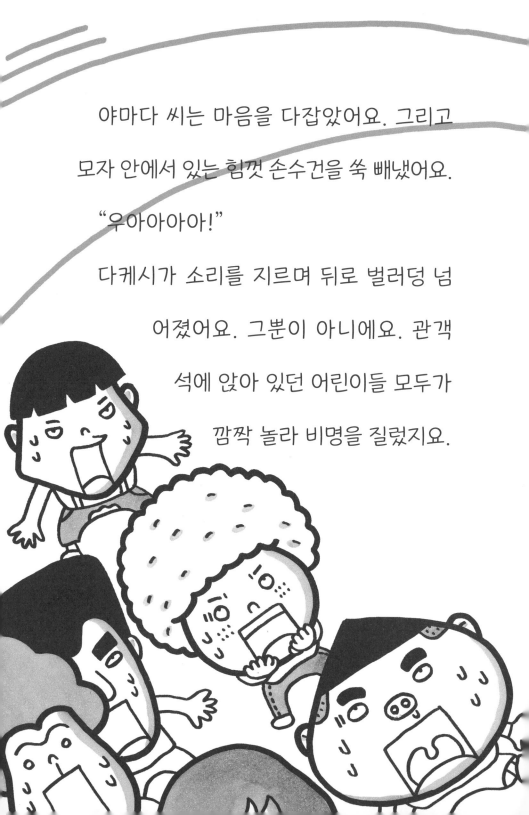

야마다 씨는 마음을 다잡았어요. 그리고 모자 안에서 있는 힘껏 손수건을 쑥 빼냈어요.

"우아아아아!"

다케시가 소리를 지르며 뒤로 벌러덩 넘어졌어요. 그뿐이 아니에요. 관객석에 앉아 있던 어린이들 모두가 깜짝 놀라 비명을 질렀지요.

"꺄아아아아!"

"아아아악!"

하얗고 커다란 무언가가 눈 깜짝할 사이

에 어린이들의 머리 위를 넘어 감쪽

같이 사라졌거든요.

'무, 무슨 일이
벌어진 거지?'
눈을 동그랗게
뜨고 있는 야마다
씨에게 곤로쿠가
배시시 웃
으며 속삭
였어요.

"사실 흰 고양이 닌자에몽과 같이 왔어요. 무적의 고양이 손 대여점의 비밀 요원은 역시 남다르군요. 이왕 이렇게 된 거, 여기 모인 녀석들을 실컷 웃겨 주자고요."

야마다 씨는 관객석 사이를 날아다니는 닌자에몽을 멍하니 지켜봤어요.

"그렇지, 그렇지! 날아라, 날아! 비밀 요원이라면 쉭쉭, 날렵함이지! 암, 그렇고말고! 좋아, 좋았어. 뭐 해요? 이제 다음 순서를 준비해야죠."

맞아요, 곤로쿠가 말한 대로 야마다 씨는 멍하니 있을 여유가 없어요.

마술 쇼는 관객들이 지루하지 않도록 마술을 이어 가는 게 중요하니까요.

야마다 씨는 다시금 목소리를 높여 관객석을 향해 말했어요.

"지금 보여 드린 건 생쥐계의 대장 '찍찍 대마왕 쇼'였습니다!"

관객들 사이에서 박수와 웃음소리가 크게 들렸어요. 가장 크게 박수를 치는 건 맨 앞 줄에 앉은 다케시예요. 다케시는 발바닥을 맞부딪히면서 발 박수를 치고 있어요.

이런, 다케시는 마술 쇼에 감동을 받은 게 아니었어요. 발로 박수를 치면서 야마다 씨가 듣기고 싶지 않은 정곡을 콕 찔렀어요.

"찍찍 대마왕이라니, 우리가 바보인 줄 아나 봐!"

그 말에 함께 구경을 하던 선생님들도 크게 웃었어요.

물론 야마다 씨도 웃고는 있지만, 손에 들고 있던 모자를 손수건으로 가렸어요.

"자 그럼, 다음으로 준비한 마술을 보여……."

야마다 씨의 목소리가 점점 작아졌어요. 모자 안에 감추고 있는 건 다름 아닌 사과였거든요.

세상에, 찍찍 대마왕 뒤에 나오는 것이 사과라니! 야마다 씨는 아무래도 사과를 내보일 용기가 나지 않았어요.

"이봐, 뭐 다른 이벤트는 없을까?"

야마다 씨가 슬그머니

곤로쿠에게

물었어요.

"실은 아까 다람쥐도 숨겨 뒀는데…… 닌자에몽의 배에 눌려서 숨이 막혔는지 그만 도망가 버렸지 뭐야? 은혜도 모르는 이 다람쥐 놈. 잡히기만 해 봐라. 내가 다리몽둥이를 확!"

야마다 씨는 어쩐지 무시무시한 이야기를 들어 버렸어요.

'큰일 났네…….'

야마다 씨가 고개를 갸웃하며 크게 한숨을 내쉴 때예요. 멀리서 경찰차 사이렌 소리가 들려왔어요.

사이렌 소리가 점점 가까이 들리는 걸로 봐서 이쪽으로 오는 모양이에요.

무슨 사건이라도 일어난 걸까요?

설마 칼을 쥔 강도가 나타났다거나…….

그때였어요. 마을 스피커를 통해 방송이

울려 퍼졌어요.

"안녕하십니까아, 시자아아아장입니다.

동무우울…… 지지지지지직…… 없어……

지지지지직…… 위험…… 지지지지직!"

무슨 소린지 도통 알아들을 수가 없어요.

마을 방송용 스피커가 고장 난 게 분명해요.

아이들은 귀를 쫑긋 세우고 방송에 집중

하고 있는 야마다 씨를 재촉했어요.

"빨리 다음 마술을 보여 주세요!"

'후……. 하는 수 없군.'

야마다 씨는 모자 안으로 오른손을 넣었

어요. 곤로쿠가 모자 안의 사과를 꽉 움켜쥐

었어요.

"짜잔, 새빨갛게 잘 익은 사과입니다."

야마다 씨는 사과를 쥔 손을 번쩍 들어 올렸어요.

그런데 이게 웬일인가요? 머리 위로 든 손이 딱딱하게 굳어 버렸어요. 맨 앞줄에 앉아 있던 다케시가 엄청나게 큰 목소리로 외쳤거든요.

"배, 뱀이 나왔습니다!"

그래요. 다케시는 참을 수 없었을 거예요. 사과라니요! 그건 자신을 '겁쟁이, 울보, 쫄보'라고 부르는 것과 다를 바가 없어요.

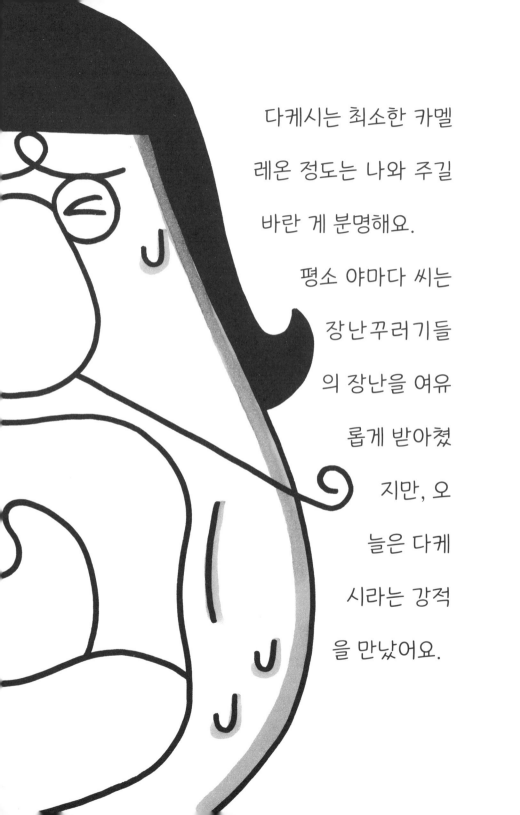

다케시는 최소한 카멜
레온 정도는 나와 주길
바란 게 분명해요.
평소 야마다 씨는
장난꾸러기들
의 장난을 여유
롭게 받아쳤
지만, 오
늘은 다케
시라는 강적
을 만났어요.

'씩씩하고 용감한 척하는 데에도 정도가 있지…….'

야마다 씨는 곤로쿠에게 도움을 청했어요.

"뱀이 나오는 건 아무래도 힘들겠지?"

자포자기한 심정으로 물었지만, 곤로쿠는 예상치 못한 대답을 했어요. 그것도 엄청 다급한 목소리로 말이에요.

"배, 뱀이에요! 지금 당장! 도망쳐!"

야마다 씨는 곤로쿠가 시킨 대로 크게 소리쳤어요.

"뱀이다, 뱀이 나온다!"

"으악!"

다케시 눈앞에 어머어마하게 커다란 뱀이 툭 떨어졌어요. 천장 대들보에 숨어 있었나 봐요.

맞아요, 아까 시장님이 방송에서 말하던 게 바로 이 '비단뱀'이었어요.

동물원 우리에서 도망쳤다는 위험한 비단뱀 말이에요.

"도, 도, 도와주세요!"

다케시는 마술 쇼가 열리는 학교 강당
안을 요리조리 뛰어다니다가 운동장
으로 도망쳤어요.

어째서인지 비단뱀은 다케시
뒤만 쫓아다녔어요.

"오지 마, 저리 가! 오지 말라
고오!"

사실 그건 곤로쿠의 장난이었어요.

곤로쿠는 눈에 보이지 않을 정도로 빠르

게 비단뱀 옆을 날아다니면서 속삭였어요.

"뱀아, 나 잡아 봐라! 저기 저 녀석한테

겁도 왕창 주고!"

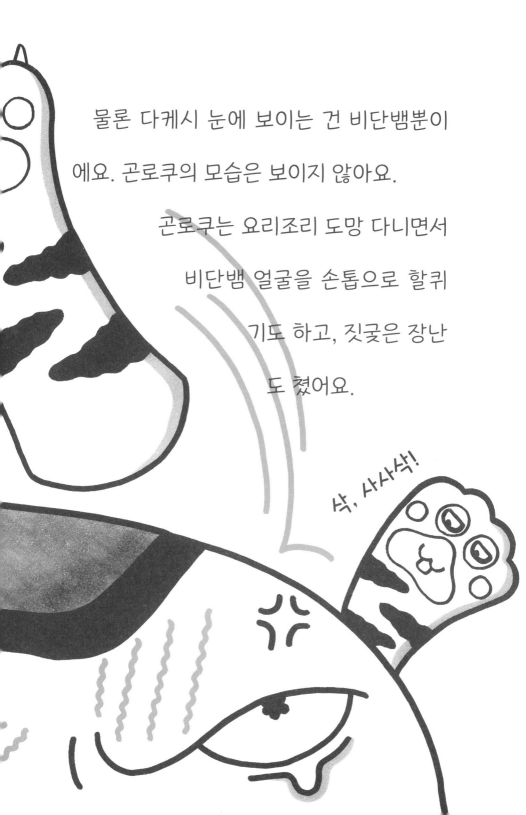

물론 다케시 눈에 보이는 건 비단뱀뿐이

에요. 곤로쿠의 모습은 보이지 않아요.

곤로쿠는 요리조리 도망 다니면서

비단뱀 얼굴을 손톱으로 할퀴

기도 하고, 짓궂은 장난

도 쳤어요.

삭, 사사삭!

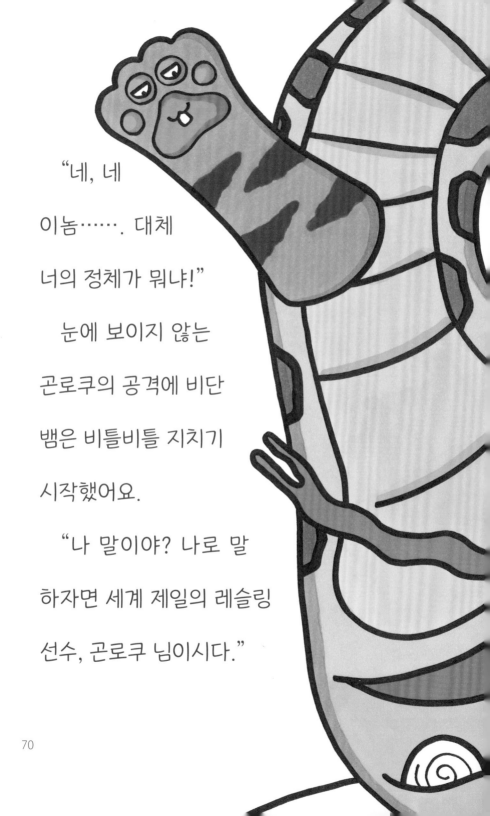

"네, 네 이놈……. 대체 너의 정체가 뭐냐!"

눈에 보이지 않는 곤로쿠의 공격에 비단 뱀은 비틀비틀 지치기 시작했어요.

"나 말이야? 나로 말 하자면 세계 제일의 레슬링 선수, 곤로쿠 님이시다."

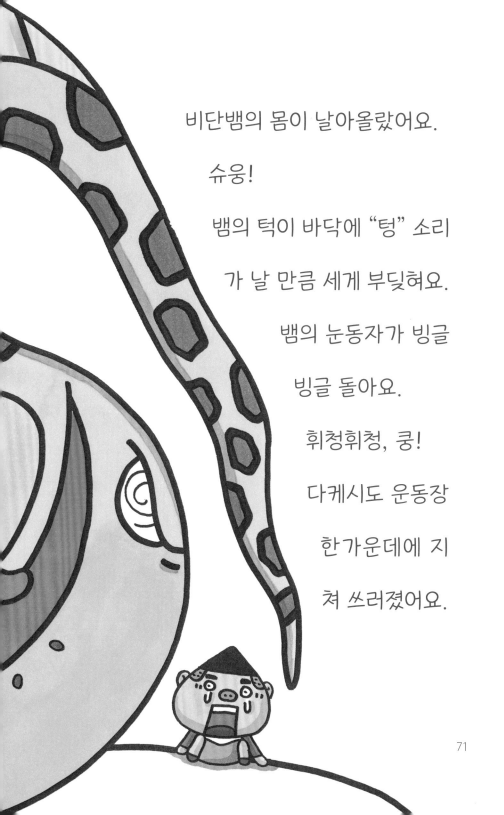

비단뱀의 몸이 날아올랐어요.

슈웅!

뱀의 턱이 바닥에 "텅" 소리

가 날 만큼 세게 부딪혀요.

뱀의 눈동자가 빙글

빙글 돌아요.

휘청휘청, 쿵!

다케시도 운동장

한가운데에 지

쳐 쓰러졌어요.

때마침 요란한 사이렌을 울리면서 경찰

차가 도착했어요.

경찰차에서 무서운 얼굴을 하고

내린 사람은 바로 이전에

검은 고양이 구로의 손

을 빌렸던 경찰 서장님

이에요.

"비단뱀은 어디에 있지? 비단뱀 녀석이
슥슥 소리를 내면서 쓱 사라졌어. 깜짝 놀라
주저앉을 틈도 없이 마을 전체를 뒤집었지.
그런데 그 뱀이
이 초등학교로
들어와서 쓰윽
자취를 감췄
다더군."

흥분한 경찰 서장님은 무슨 말인지 알 수 없는 말들을 주절거렸어요.

그분이 아니에요. 서장님은 야마다 씨를 찌릿 노려보면서 크게 호통을 쳤어요.

"당신이 마술사 야마다로군! 경찰 무선으로 이미 다 들었어. 마술 쇼를 위해 뱀을 훔쳤다고? 당신을 당장 체포하겠다!"

경찰 서장님이 허리에 찬 수갑을 꺼내 들었어요.

바로 그때였어요. 경찰 서장님 귓가에서 누군가 소곤거렸어요.

"전에 강도 사건을 구로의 오른손이 해결했다고 들었는데 말이죠. 그 사실을 이 자리에서 밝혀도 될까요, 서장 선생?"

곤로쿠의 귓속말이었어요.

"뭐어어어어어어어어어
어라고?"

경찰 서장님은 어색한
웃음을 짓더니 오른쪽
으로 빙그르르 돌아
섰어요.

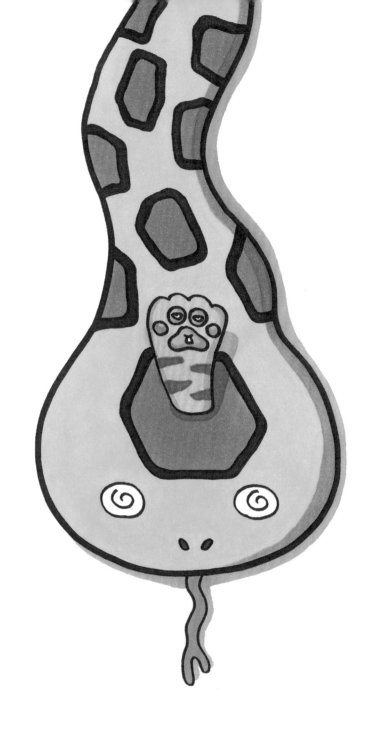

그러는 사이, 다케시가 멍한 눈을 하고 야마다 씨에게 물었어요.

"이거 전부 다 마술 부린 거죠?"

그제야 마음이 놓인 야마다 씨가 시원스럽게 대답했어요.

"그렇고말고. 당연하지."

축 늘어진 비단뱀의 이마 위에 올라탄 곤로쿠는 히죽히죽 웃었어요.

그리고 서로 다정하게 끌어안고 있는 야마다 씨와 다케시를 지그시 바라봤답니다.

글 우치다 린타로

1941년 후쿠오카현 오무타 시에서 태어났습니다.
《거꾸로 사자》로 그림책 일본상, 《거짓말쟁이 달님》으로 소학관 아동 출판 문화상을 받았습니다.
《너무 울지 말아라》, 《친구가 올까?》, 《미안해, 친구야》, 《엄마랑 아빠랑 높이높이》, 《엄마의 마음》, 《백조》, 《너도 내 친구야》 등이 있습니다.

그림 가와바타 리에

그래픽 디자이너이자 일러스트레이터로 활약하고 있습니다. 그린 작품으로는 《아, 이게 뭐지?》 등이 있습니다.

옮긴이 한귀숙

대학에서 비교문화를 전공했습니다. 옮긴 책으로는 〈톰과 소야의 도시 탐험〉 시리즈, 〈방과 후 미스터리 클럽〉 시리즈를 비롯하여 《갑자기 보고 싶어》, 《수영장 샤워실과 개미 구출 작전!》, 《실수 투성이 엄마 아빠지만 너를 사랑해》 등이 있습니다.

무적의 고양이 손
어마어마한 마술 쇼의 비밀

1판 1쇄 발행 2024년 11월 28일
글 우치다 린타로 | 그림 가와바타 리에 | 옮긴이 한귀숙
펴낸이 김상일 | 펴낸곳 도서출판 키다리
편집주간 위정은 | 편집 이신아 | 디자인 이기쁨 | 마케팅 윤재영, 장현아 | 관리 김영숙
출판등록 2004년 11월 3일 제406-2010-000095호
제조국 대한민국 | 사용연령 8세 이상 | 주소 경기도 파주시 심학산로 10
전화 031-955-9860(대표), 031-955-9861(편집) | 팩스 031-624-1601
이메일 kidaribook@naver.com | 홈페이지 www.kidaribook.kr
ISBN 979-11-5785-731-9 74830 | ISBN 979-11-5785-718-0 74830 (세트)

무적의 고양이 손 시리즈

① 고약한 은행 강도를 잡아라

우치다 린타로 글/ 가와바타 리에 그림

강도 사건을 해결하지 못한 경찰 서장님이 '구로'라는 고양이에게 손을 빌렸다고?
구로의 손은 사건을 해결할 수 있을까? 구로의 첫사랑은 과연 이뤄질까?

③ 촉촉한 문어빵 편(2025년 출간 예정)

우치다 린타로 글/ 가와바타 리에 그림

여름 축제 날 밤, 가오리의 문어빵 집을 도와주러 출동한 돌돔 공주와 쓱 장군.
옆 가게의 악당 오니마사의 계략에 맞서 맛있는 문어빵을 구워
손님들에게 내어 줄 수 있을까?

④ 괴도 제로 편(2025년 출간 예정)

우치다 린타로 글/ 가와바타 리에 그림

괴도 제로가 피카소의 그림을 훔치겠다는 예고장을 보냈다!
당황한 경찰 서장님은 이전처럼 구로에게 도움을 구하는데…….
괴도 제로 대 경찰 서장님과 구로! 과연 이 사건은 어떻게 해결될까?

⑤ 뜨거운 건 싫어! 편(2025년 출간 예정)

우치다 린타로 글/ 가와바타 리에 그림

다마코 씨와 경찰 서장님의 반려묘인 '미'가 유괴당했다! 범인은 바로 호랑이 토라!
다마코 씨가 없으면 누구도 고양이 손을 빌릴 수가 없는데…….
위기에 빠진 서장님의 선택은? 다마코 씨를 짝사랑하는 구로는
이 위기를 어떻게 해쳐 나갈 것인가!